VAMPIRE STATE BUILDING

TEIL 2

Szenario von **ANGE** und **PATRICK RENAULT**
Zeichnungen von **CHARLIE ADLARD**
Farbe von **SÉBASTIEN GÉRARD**

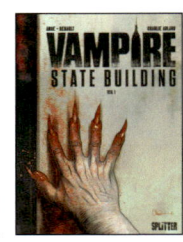

Band 1 | Teil 1
ISBN: 978-3-96219-511-3

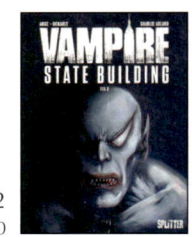

Band 2 | Teil 2
ISBN: 978-3-96219-512-0

*Ange (**AN**ne und **GE**rard)*

Patrick Renault

Charlie Adlard

SPLITTER Verlag
1. Auflage 11/2020
© Splitter Verlag GmbH & Co. KG · Bielefeld 2020
Aus dem Französischen von Tanja Krämling
VAMPIRE STATE BUILDING: TOME 02
Copyright © 2020 Éditions Soleil / Ange / Renault / Adlard
Redaktion: Sven Jachmann und Aylin Kuhls
Lettering: Stephan Kempers
Covergestaltung: Dirk Schulz
Herstellung: Horst Gotta
Druck und buchbinderische Verarbeitung:
AUMÜLLER Druck / CONZELLA Verlagsbuchbinderei
Alle deutschen Rechte vorbehalten
Printed in Germany
ISBN: 978-3-96219-512-0

Weitere Infos und den Newsletter zu unserem Verlagsprogramm unter:
www.splitter-verlag.de

News, Trends und Infos rund um den deutschsprachigen Comicmarkt unter:

www.comic.de
*Verlagsübergreifende Berichterstattung mit
vielen Insiderinformationen und Previews!*

3

SIE GEHÖREN EINER SEKTE AN UND WARTEN AUF DAS ERWACHEN EINES GOTTES... UTLUN'TA. IHREM GLAUBEN NACH WIRD DIESES WESEN EINEN STURM VERURSACHEN, DER JEDES LEBEN AUF DER ERDE VERNICHTEN SOLL.

EINEN STURM?

DAS FEUER IST UNSER VORTEIL. DIE NATIONALGARDE IST MIT FLAMMENWERFERN UNTERWEGS, SIE WERDEN IN WENIGEN MINUTEN EIN... MOMENT...

EIN FENSTER IST GERADE AUF DEN OBEREN ETAGEN EXPLODIERT.

SIE HABEN SPRENGSTOFF? GIBT ES BILDER?

KEINE AHNUNG. DIE SNIPER HABEN NICHTS GESEHEN. SIE...

WAS IST DAS?

WAR DAS EIN SCHREI?

WENN MAN IHN SOGAR HIER HÖREN KONNTE, WILL ICH DEN SCHREIHALS LIEBER NICHT TREFFEN!

SIND SIE PROFESSOR DENT?

ÄHM... JA?

ICH GLAUBE, DAS IST FÜR SIE!

DENT, ICH HÖRE.

MARY?

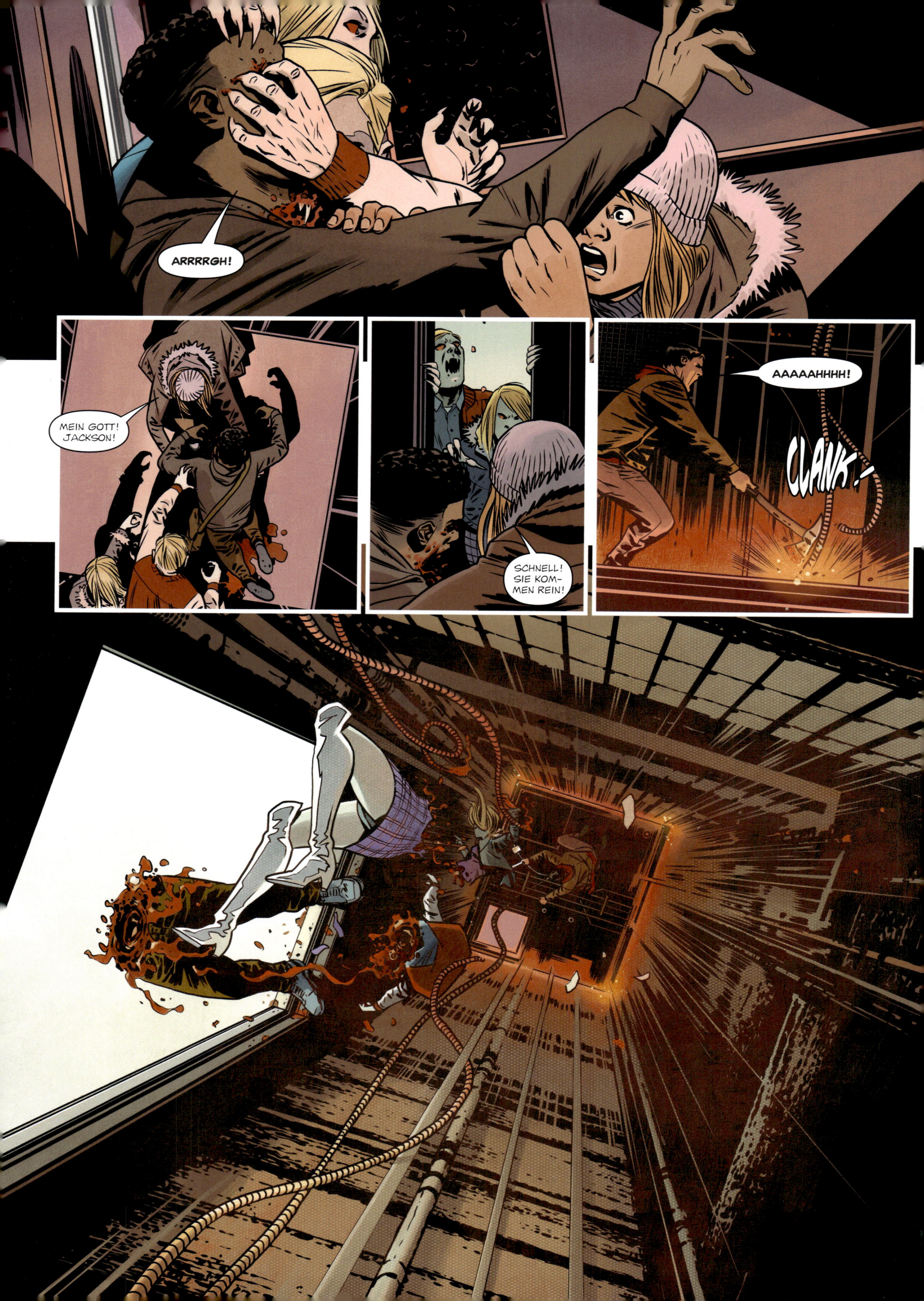

WAS...

SPLATCHH...

AAAAAAHH!

KEINE ANGST, DAS BIN NUR ICH!

MARY?

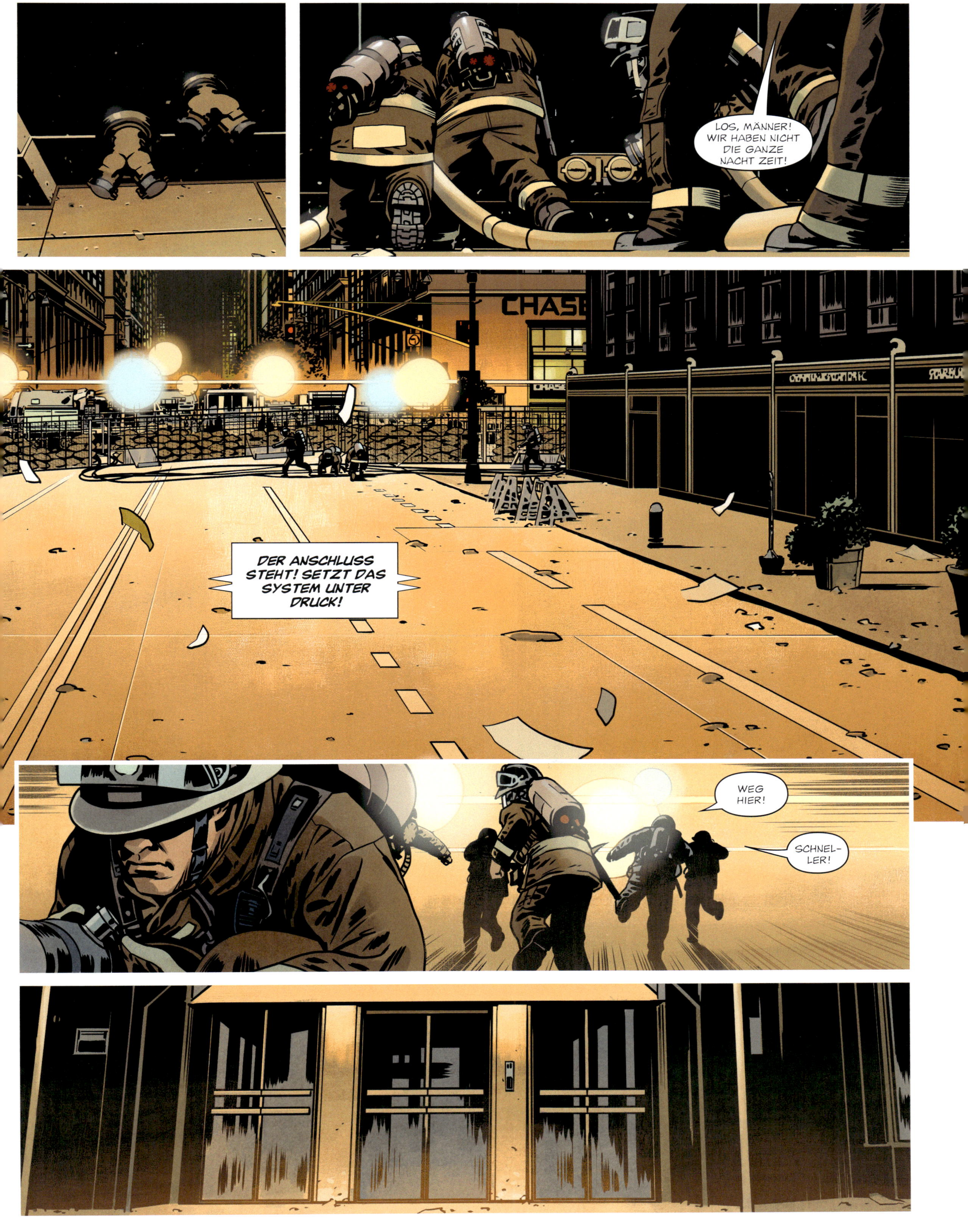

LOS, MÄNNER! WIR HABEN NICHT DIE GANZE NACHT ZEIT!

DER ANSCHLUSS STEHT! SETZT DAS SYSTEM UNTER DRUCK!

WEG HIER!

SCHNEL-LER!

ZIEHEN SIE SICH ZURÜCK?

JA, SIR... ABER... WIR WISSEN ES JETZT SICHER... DIE MEISTEN DIESER KREATUREN WAREN ANGESTELLTE AUS DIESEM HOCHHAUS.

ES SIND MITTLERWEILE HUNDERTE. KEINE KUGEL KANN IHNEN ETWAS ANHABEN. UND IHRE OPFER FALLEN UNS EBENFALLS AN...

WENN DIESE MIST-DINGER IN DIE STADT STRÖMEN, WIRD NICHTS SIE AUFHALTEN. DAS GIBT EIN MASSAKER.

WETTERSTATION VON MONTAUK.

VER-FLUCHTE SCH...

CHEF!

WIR HABEN EIN PROBLEM!

ACH WAS! SAG SCHON!

WIR WURDEN GERADE GEWARNT... VOR DER KÜSTE LONG ISLANDS BRAUT SICH EIN ORKAN ZUSAMMEN!

EIN WAS? HIER...?

WANN?

KEINE AHNUNG, ABER BALD... ES WIRD SCHÜTTEN WIE AUS EIMERN.

EIN ORKAN... DER ZIVILIST HATTE RECHT.

UNS BLEIBT KEINE WAHL.

WIE AUS EIMERN? DIE BARRIEREN...

HIER IST DER VIZE-
DIREKTOR DES FBI, GIDEON
O'BRIAN. ICH WIEDERHOLE...
AN ALLE EINHEITEN...

DIES IST EIN DIREKTER BEFEHL AN DAS
PERSONAL VOR ORT: DER SICHERHEITS-
BEREICH WIRD UM 50 METER ERWEITERT...

DIE NAPALMBARRIEREN
BLEIBEN BESTEHEN!

... ABER ZU IHRER EIGENEN
SICHERHEIT SOLLEN ALLE
AGENTEN AUF DEM BODEN
UND IN FAHRZEUGEN ZURÜCK-
WEICHEN...

HÖR MAL!
DAS KOMMT
VON DRAU-
SSEN...

JA, UND WENN
WIR ES HÖREN
KÖNNEN... DANN WEIL
WIR ZIEMLICH TIEF
GEFALLEN SIND!

ABER DIE GÄNGE
SIND VERLASSEN,
MERKWÜRDIG.

ALLE
ZURÜCK!

MARY,
SIEH MAL...

UNSER AUSGANGS-
TICKET KOMMT NÄHER! NUR
NOCH WENIGE ETAGEN
ABWÄRTS UND...

MARY?

21ˢᵀ FLOOR

STIMMT
WAS
NICHT?

SIE...

SIE HABEN DAS GANZE VIERTEL IN BRAND GESTECKT! SIE ISOLIEREN DAS GEBÄUDE, DAMIT DIE MONSTER NICHT...

WIR KOMMEN HIER NICHT RAUS! SELBST WENN WIR ES NACH UNTEN SCHAFFEN...

... WIR SIND GEFANGEN!

ASHLEY HATTE RECHT.

WAS? WAS MEINST DU?

SEIT DEM TOD MEINES VATERS... BIN ICH NUR GE-FLÜCHTET...

ICH DACHTE, DASS WEGLAUFEN HELFEN WÜRDE... ABER ICH HABE NUR ALLES VERMASSELT, ANGEFANGEN MIT UNS! DAS IST SICHER MEINE LETZTE CHANCE, ES DIR ZU SAGEN, ALSO...

ES TUT MIR LEID... UND ICH LI...

HE!!!

WAS...?!

UND SIE KÖNNEN MIR GARANTIEREN, DASS ES SICH NICHT AUSBREITET?

WIR HABEN ALLE ANGRENZENDEN BLOCKS EVAKUIERT. DIE FEUERWEHR HAT SEIT DEM 11. SEPTEMBER NICHT MEHR SO VIELE EINSATZKRÄFTE ENTSANDT. DAS UNGLÜCK IST UNTER KONTROLLE.

COMMISSIONER.

SIE SIND IRRE, O'BRIAN.

ABER WENN ES DIE EINZIGE LÖSUNG IST...

HERR VIZE-DIREKTOR... DIE HUBSCHRAUBER SIND STARTBEREIT.

UND DIE STRUKTUR? HÄLT SIE DAS AUS?

EINE FRAGE DES TIMINGS... ES IST KEIN METALLGESTELL. SELBST WENN WIR DAS GANZE GEBÄUDE MIT EINEM MAL IN BRAND STECKEN, ES WIRD HALTEN.

WARTEN SIE! WAS... WAS HABEN SIE VOR?!

ANTWORTEN SIE, O'BRIAN! MEINE TOCHTER IST DA DRIN!

SIE WOLLEN ALLES ABFACKELN?!

WIR MÜSSEN SIE WARNEN! SIE DA RAUSHOLEN! SIE KÖNNEN NICHT...

PROFESSOR! ICH MACHE DAS NICHT ZUM SPASS... ES IST ZU SPÄT, ICH HABE KEINE WAHL MEHR.

WOLLEN SIE, DASS SICH DIE KREATUREN VERMEHREN? DASS SIE IN DIE STADT EINFALLEN? INS LAND?

SIND SIE VÖLLIG... DAS IST MEINE TOCHTER!

WENN WIR SIE WARNEN, WARNEN WIR AUCH DIE MONSTER. WIR BRAUCHEN DEN ÜBERRA-SCHUNGSEFFEKT!

WIR DÜRFEN IHNEN KEINE ZEIT ZUM REAGIEREN LASSEN...

WOLLEN SIE ETWA DIESEM SCHEUSAL AUCH NUR DIE GERINGS-TE CHANCE LASSEN?

SORRY, DENT... ABER WIR DÜRFEN NICHTS DEM ZU-FALL ÜBERLASSEN.

BRINGT IHN WEG.

LOS-LASSEN!

O'BRIAN! DAS KÖNNEN SIE NICHT TUN!

HEY!

KRRRRR

MARY! HIER IST PAPA! HÖR ZU...

28

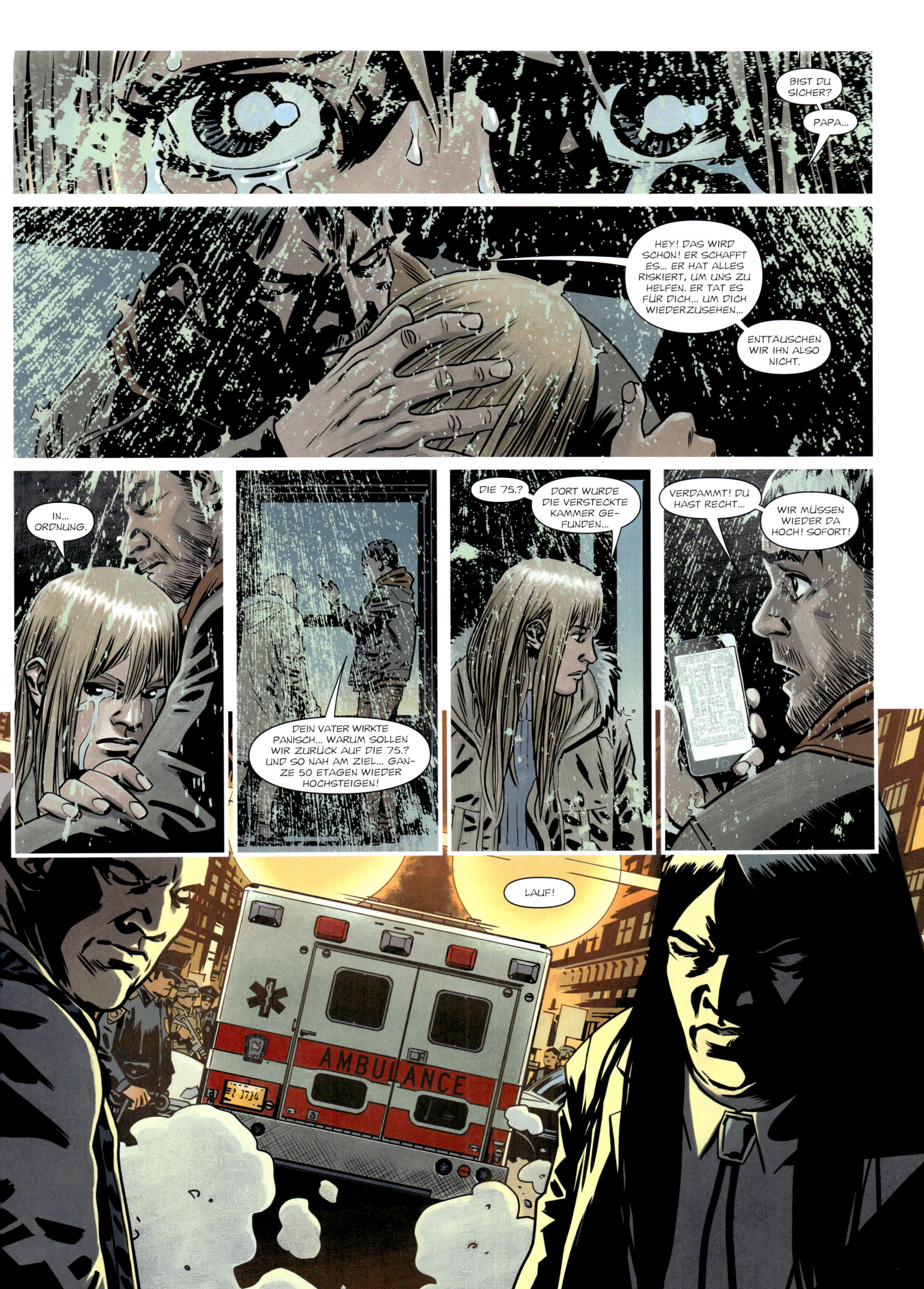

30

M...

MARY...

MISTER DENT, HÖREN SIE MICH?

BLEIBEN SIE RUHIG, SIE SIND VERLETZT...

HALLO, HERR VIZE-DIREKTOR... ER IST GERADE WIEDER AUF-GEWACHT. WIR SIND AM KRANKENHAUS ANGE-KOMMEN!

SAGEN SIE BESCHEID, WENN ER IM OP IST... DANKE.

WO SIND DIE HUBSCHRAUBER?

HAB SIE GE-RADE IN DER LEITUNG...

CROWN... HIER TANGO EINS, IM ANFLUG...

DIE SICHT IST SEHR SCHLECHT.

DIE BRAND-RAKETEN SIND BEREIT...

... KONTAKT MIT DEM ZIEL IN VIER MINUTEN.

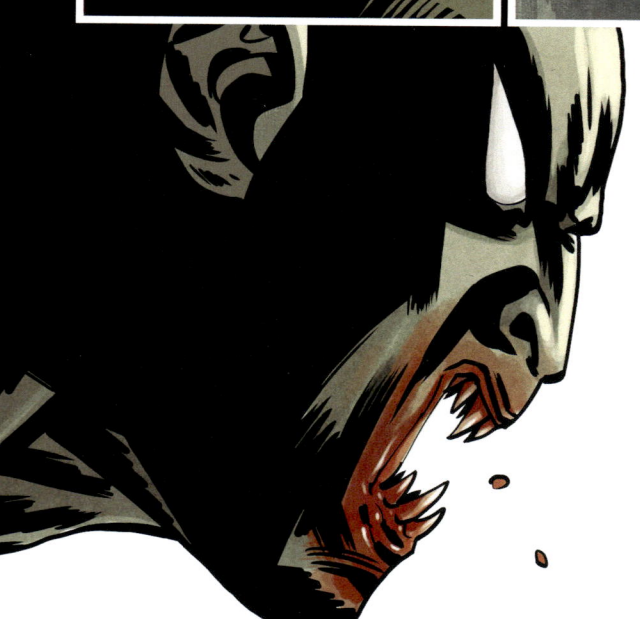

NGGGGGHHH...

UNGH... MEIN ARM...

DIES...DIESMAL REICHT ES!

TERRY! HALTE DURCH!

RHAAAAAA! STIRB!
NEIN!
MOMENT! ICH BIN NOCH NICHT FERTIG MIT DIR...

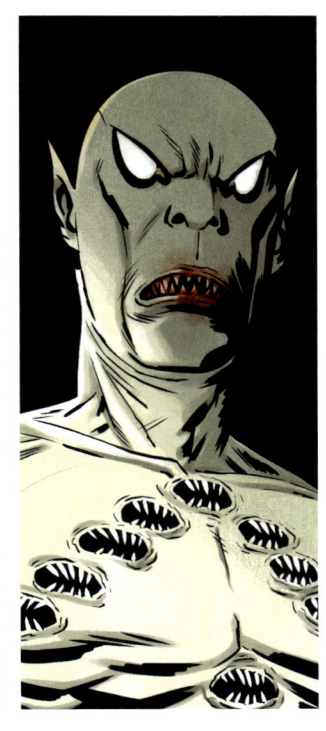

ES TUT MIR LEID, MARY... ICH DACHTE, ICH KÖNNTE UNS HIER RAUSHOLEN. ICH HÄTTE ALLES GETAN, UM DICH ZU RETTEN... ICH...

DAS WOLLTEST DU ALSO...? EIN HELD SEIN? DESHALB WOLLTEST DU WEGGEHEN?

DU WIRST IMMER FÜR MICH DA SEIN... WAS AUCH PASSIERT...

UND WENN NICHT ALLE DIESE DINGER VERBRANNT SIND?!

NIEMAND KANN EIN SOLCHES INFERNO ÜBERLEBEN, SIR! UND WENN WIR LÄNGER WARTEN, SCHWÄCHEN WIR DIE GESAMTE GEBÄUDESTRUKTUR.

SIE SIND DER SPEZIALIST! ABER WIRD WASSER ALLEIN REICHEN, UM DEN BRAND ZU LÖSCHEN...

... BEI DEM GANZEN BENZIN, DAS WIR VERSPRÜHT HABEN?

HIER TEAM ELF... WIR ÖFFNEN DAS VENTIL!

PFFF

PSSHHHH

VERFLUCHTE SCHEISSE... NICHT ZU GLAUBEN...

KÖNNEN WIR MÄNNER DA REINSCHICKEN?

NICHT IM TRAUM! DIE DÄMPFE WÜRDEN SIE VERBRÜHEN... DORT, WO DAS FEUER ORDENTLICH GENÄHRT WURDE, KANN DIE TEMPERATUR AUF ÜBER 1000 GRAD STEIGEN!

ICH SAGTE DOCH, ES DAUERT STUNDEN, BIS ES ABKÜHLT...

>>... ES WÄRE EIN WUNDER, WENN DA NOCH WAS LEBENDIGES DRIN WÄRE!<<

50

VERSTANDEN, KOMPANIE 42! WIE LAUTET IHRE GENAUE POSITION?

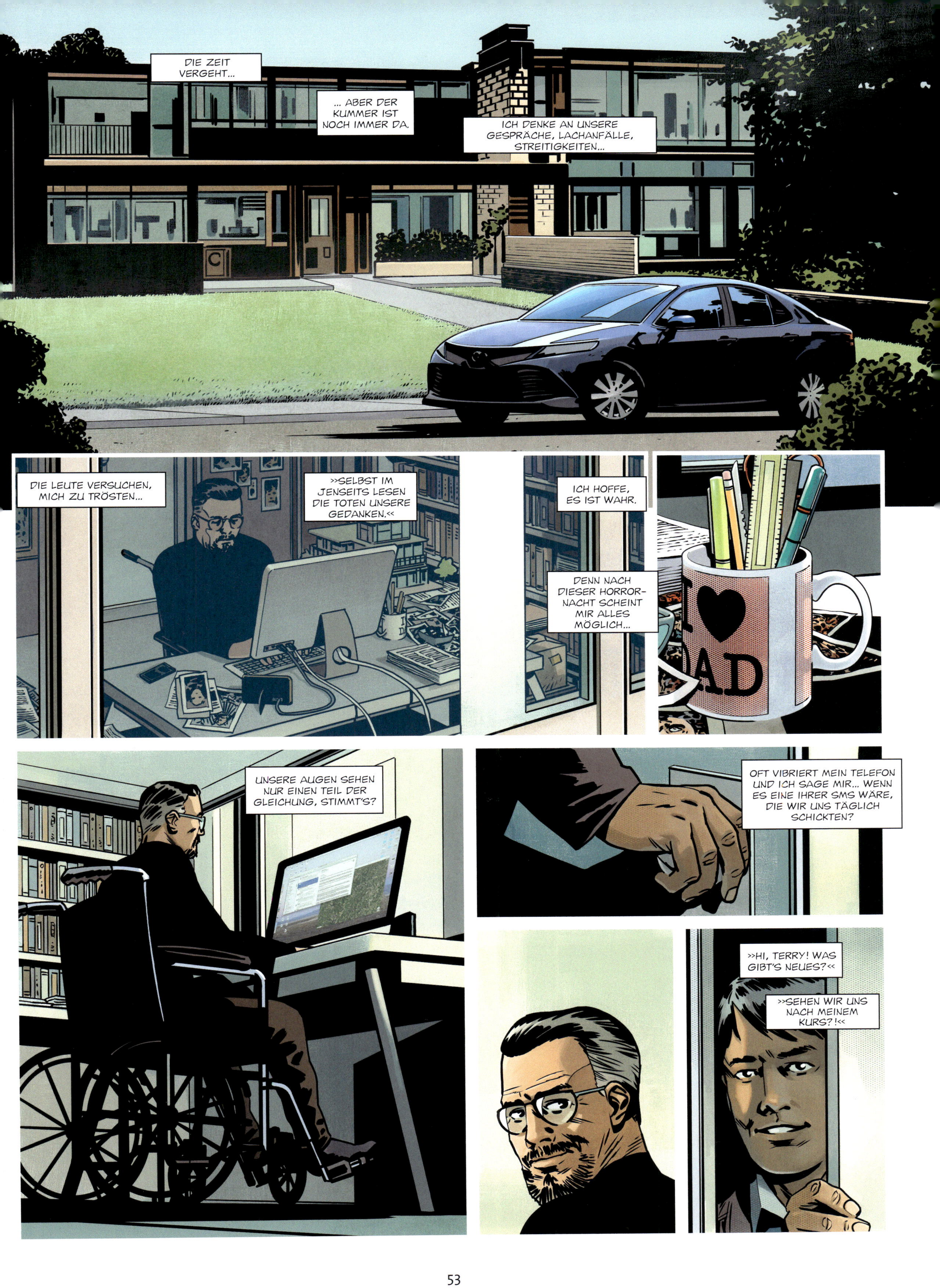

DIE ZEIT VERGEHT...

... ABER DER KUMMER IST NOCH IMMER DA.

ICH DENKE AN UNSERE GESPRÄCHE, LACHANFÄLLE, STREITIGKEITEN...

DIE LEUTE VERSUCHEN, MICH ZU TRÖSTEN...

>>SELBST IM JENSEITS LESEN DIE TOTEN UNSERE GEDANKEN.<<

ICH HOFFE, ES IST WAHR.

DENN NACH DIESER HORROR-NACHT SCHEINT MIR ALLES MÖGLICH...

UNSERE AUGEN SEHEN NUR EINEN TEIL DER GLEICHUNG, STIMMT'S?

OFT VIBRIERT MEIN TELEFON UND ICH SAGE MIR... WENN ES EINE IHRER SMS WÄRE, DIE WIR UNS TÄGLICH SCHICKTEN?

>>HI, TERRY! WAS GIBT'S NEUES?<<

>>SEHEN WIR UNS NACH MEINEM KURS?!<<

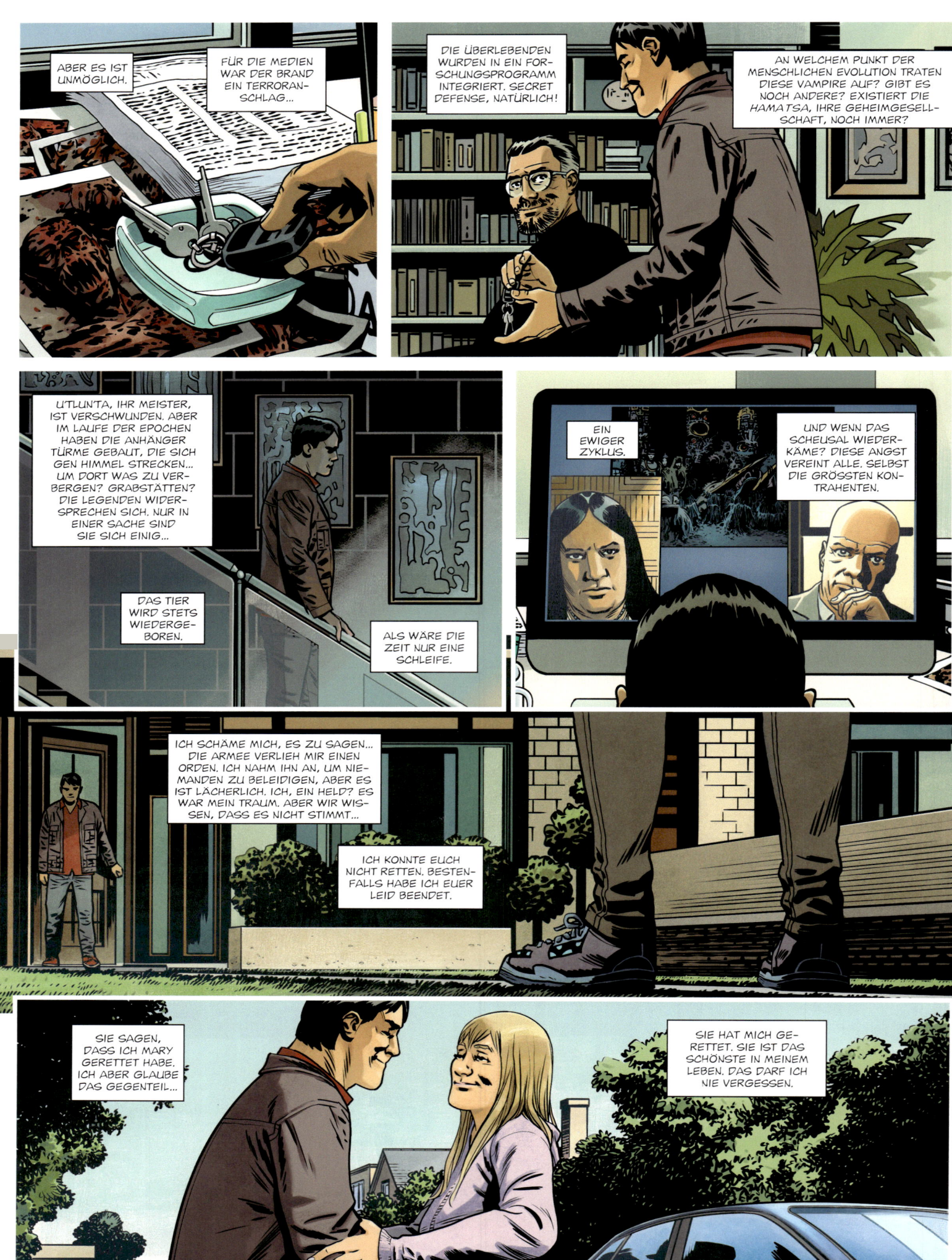

ABER ES IST UNMÖGLICH.

FÜR DIE MEDIEN WAR DER BRAND EIN TERRORANSCHLAG...

DIE ÜBERLEBENDEN WURDEN IN EIN FORSCHUNGSPROGRAMM INTEGRIERT. SECRET DEFENSE, NATÜRLICH!

AN WELCHEM PUNKT DER MENSCHLICHEN EVOLUTION TRATEN DIESE VAMPIRE AUF? GIBT ES NOCH ANDERE? EXISTIERT DIE HAMATSA, IHRE GEHEIMGESELLSCHAFT, NOCH IMMER?

UTLUN'TA, IHR MEISTER, IST VERSCHWUNDEN. ABER IM LAUFE DER EPOCHEN HABEN DIE ANHÄNGER TÜRME GEBAUT, DIE SICH GEN HIMMEL STRECKEN... UM DORT WAS ZU VERBERGEN? GRABSTÄTTEN? DIE LEGENDEN WIDERSPRECHEN SICH. NUR IN EINER SACHE SIND SIE SICH EINIG...

DAS TIER WIRD STETS WIEDERGEBOREN.

ALS WÄRE DIE ZEIT NUR EINE SCHLEIFE.

EIN EWIGER ZYKLUS.

UND WENN DAS SCHEUSAL WIEDERKÄME? DIESE ANGST VEREINT ALLE, SELBST DIE GRÖSSTEN KONTRAHENTEN.

ICH SCHÄME MICH, ES ZU SAGEN... DIE ARMEE VERLIEH MIR EINEN ORDEN. ICH NAHM IHN AN, UM NIEMANDEN ZU BELEIDIGEN, ABER ES IST LÄCHERLICH. ICH, EIN HELD? ES WAR MEIN TRAUM. ABER WIR WISSEN, DASS ES NICHT STIMMT...

ICH KONNTE EUCH NICHT RETTEN. BESTENFALLS HABE ICH EUER LEID BEENDET.

SIE SAGEN, DASS ICH MARY GERETTET HABE. ICH ABER GLAUBE DAS GEGENTEIL...

SIE HAT MICH GERETTET. SIE IST DAS SCHÖNSTE IN MEINEM LEBEN. DAS DARF ICH NIE VERGESSEN.

MARY UND ICH WERDEN WEGGEHEN. ABER NICHT NACH AFGHANISTAN... SIE HAT IHRE ERSTE ANSTELLUNG IN SEATTLE GEFUNDEN.

ALSO KOMMEN WIR EIN LETZTES MAL, UM EUCH AUF WIEDERSEHEN ZU SAGEN.

NIEMAND WIRD JENE VERGESSEN, DIE IN DIESER NACHT STARBEN.

UND AUCH WIR VERGESSEN EUCH NIEMALS, DAS SCHWÖRE ICH EUCH...

IHR WART DIE BESTEN FREUNDE, DIE MAN SICH WÜNSCHEN KANN.

UNSERE FREUNDE.

GELIEBTE FREUNDE, DIE MAN FÜRS GANZE LEBEN HABEN WILL.

IHR WERDET UNS IMMER FEHLEN. ABER WISST IHR WAS?

EINES TAGES SEHEN WIR UNS WIEDER, DA BIN ICH MIR SICHER.

DESHALB WILL ICH GLAUBEN, DASS DIE LEGENDEN WAHR SIND...

DASS DIE ZEIT EINE SCHLEIFE IST.

EIN EWIGER ZYKLUS.